AF331379

# FÊTE

# DE SAINT-LOUIS,

## 25 AOUT 1824.

---

### (Onzième Banquet.)

---

5ᵉ LÉGION DE LA GARDE NATIONALE.

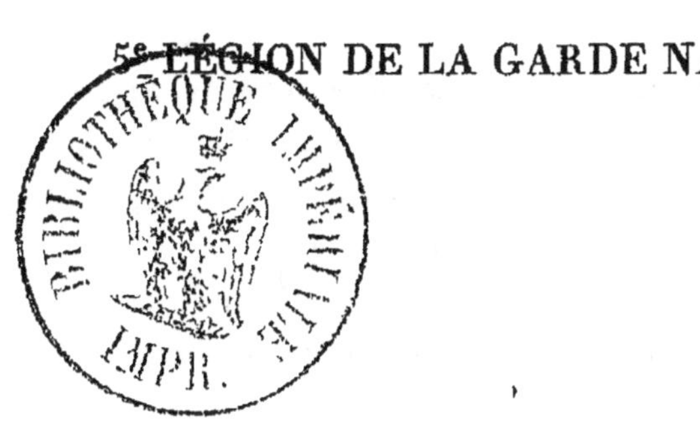

# FÊTE

# DE SAINT-LOUIS,

 25 AOUT 1824.

—

Lᴇ 25 août est une de ces époques chéries qui réveillent dans tous les cœurs français le respect et l'amour pour ses rois. La 5ᵉ légion de la garde nationale, dont les sentimens monarchiques n'ont jamais varié, ne laisse point ordinairement passer un pareil jour sans célébrer, par des chants joyeux, la fête du meilleur et du plus aimé des rois. Cette année, un banquet a eu lieu au *Cadran-Bleu*. La presque totalité des officiers et une grande partie des gardes nationaux s'y étaient réunis sous la présidence de leur colonel, M. le vicomte de Larochefoucault, qui, toujours heureux dans l'expression de son dévouement pour la famille des fils de Henri IV, a improvisé le discours suivant :

« Vive Louis! Messieurs, vive le modèle des rois, le père de ses peuples, le consolateur de celui qui souffre, l'appui du malheur! vive ce prince long-tems désiré qui, revenu dans sa patrie désolée, déchirée, envahie, a terminé nos maux en éloignant l'étranger par l'ascendant seul de ses vertus, et en ne lui offrant que sa parole pour garantie! vive ce législateur aussi auguste que sage, qui sut, débrouillant le plus effroyable chaos, d'un coup d'œil percer l'avenir, entrevoir ses difficultés comme ses espérances, se rappeler le passé avec ses inconvéniens comme ses avantages, et nous donner à tous, d'une main assurée, les lois qui devaient nous régir !

» Louis XVIII a su réunir tous les genres de gloire, et la reconnaissance de ses peuples, comme l'admiration de l'étranger, se sont chargées d'écrire chaque nouvelle page de son règne.

» Il y a un an, Messieurs, un héros, aussi digne descendant de saint Louis que de Louis XIV, digne, en un mot, d'être la consolation et la gloire de Louis XVIII, qui en a fait son fils adoptif; ce prince, dis-je, était à la veille d'ordonner et d'exécuter un des plus beaux faits d'armes que l'armée française sera jamais forcée d'avouer. La Providence l'a rendu à nos vœux, et lui seul semble avoir oublié ses lauriers.

» C'est aujourd'hui, Messieurs, la fête du Roi. Un seul bouquet est digne de lui, et nul autre que son peuple ne peut le lui offrir; ce sont des Français qui déposent au pied de son trône le tribut de leur amour, et oubliant quelques divisions d'intérêt ou d'ambition, ne peuvent plus avoir qu'une pensée, qu'un sentiment, ce sont tous les Français qui, les mains levées vers le ciel, le conjurent d'accorder de longs jours à ce roi, sans modèle dans les siècles passés, et que l'avenir ne pourra qu'imiter. *Vive le Roi!* »

Des acclamations unanimes ont accueilli cette brillante improvisation, et tout le monde a répété ce cri français : *Vive le Roi!*

Après les toasts portés : A sa majesté Louis XVIII, le père de ses sujets !

A S. A. R. madame la duchesse d'Angoulême : La consolation des affligés!

A S. A. R. Monsieur : L'exemple et le modèle des chevaliers français !

A. S. A. R. monseigneur le duc d'Angoulême : L'honneur de l'armée et le libérateur des rois !

A S. A. R. madame la duchesse de Berri : L'ange conservateur des Bourbons !

Au duc de Bordeaux : L'espoir de la France et l'idole de nos neveux !

A l'armée : Elle a été digne de son chef et de la glorieuse entreprise qui lui a été confiée!

Aux dames : Elles sont l'ornement de la vie et la plus douce récompense de la gloire et du talent. La Vendée, Quiberon et les murs de Paris, retentissent encore de leur dévouement à la cause sacrée de la famille des Bourbons !

M. Capelle, l'un des officiers de la légion, s'est levé et a chanté les couplets suivans :

# LA SAINT-LOUIS.

—

Air du vaudeville des *Blouses*.

Pour célébrer cette fête chérie,
A quatre mots, Français, ayons recours :
Fidélité, gloire, honneur et patrie ;
 Les bons dicours
  Sont toujours
  Les plus courts.


Que j'aime à voir dans une paix profonde
Tous les Français au trône réunis !
Que j'aime à voir tous les peuples du monde
Par notre roi devenus nos amis !.......
Pour célébrer, etc.


Dans les conseils, ou s'il fallait se battre,
Gloire, patrie, honneur, fidélité ;
Ces quatre mots étaient ceux d'Henri-Quatre,
Et, comme nous, il eût dit en gaîté :
Pour célébrer, etc.


Notre bonheur s'accroît par l'espérance ;
Mais, pour que rien n'interrompe son cours,

Puisse le ciel conserver à la France
Le Roi long-tems, et les Bourbons toujours!

Pour célébrer, etc.


Gloire à THÉRÈSE, l'illustre orpheline,
Tout pour LOUIS, CHARLE, ANTOINE, HENRI;
Reconnaissance, amour à CAROLINE,
Qui dans son sein nous conserva BERRI!.....

Pour célébrer, etc.


Dieu, qui nous vois, entends notre prière;
Daigne en ce jour combler de tes présens
Le bon LOUIS, notre roi, notre père!
Ce sont les vœux formés par ses enfans!
Pour célébrer cette fête chérie,
A quatre mots, Français, ayons recours;
Fidélité, gloire, honneur et patrie;
    Les bons discours
      Sont toujours
    Les plus courts.

CAPELLE, officier de grenadiers,<br>4<sup>e</sup> bataillon.


L'un des capitaines, M. de Rougemont, qui n'avait appris que dans la soirée même, et cela par la visite d'un des convives, que le banquet avait lieu, a chanté des couplets qu'il venait d'improviser.


AIR :


A l'instant même l'on m'annonce
Qu'ici vous êtes réunis;
Je vais m'y rendre, et ma réponse :
Sans moi ne chantez pas Louis!

BIBLIOTHÈQUE IMP<sup>le</sup>

Pour mieux attester ma présence,
Ma plume a broché ces couplets,
Persuadé que l'indulgence
Habite dans des cœurs français.

J'aurais été Normand dans l'ame
Avec la duchesse d'Berri,
J'eusse été Gascon, quand MADAME
Alla voir ce Bordeaux chéri
Avec la famille adorée
Qui partout répand ses bienfaits ;
J'aurais beau changer d'contrée,
Je s'rais toujours resté Français !

Que Dieu conserve à ma patrie
Le Roi qui lui rendit la paix !
Et cette auguste monarchie
Que rien n' doit troubler désormais !
Que prolongeant ses destinées,
Eloignant le jour des regrets,
Dieu donne à Louis cent années,
C'est le vœu de tous les Français !

M. Dubois de Beauchêne s'est avancé et a lu d'une voix ferme et accentuée une pièce de vers qui a souvent été interrompue par les applaudissemens de tous les auditeurs.

PARDONNEZ si, troublant le banquet de ce jour,
J'interromps un instant les chants du troubadour ;
Mais toujours aux chansons mon gosier fut rebelle ;
Et, comme cet oiseau que, d'un crayon fidèle,
L'aimable Florian nous peint en pareil cas,
*Messieurs, je siffle bien, mais je ne chante pas.*

Je ne veux point pourtant solliciter d'avance
Pour un humble impromptu votre juste indulgence ;
A la fête d'un père ensemble réunis,
Je sais que tous les cœurs seront de mon avis,
Et je viens ajouter, en vers philosophiques,
Quelques grains de morale à nos couplets bachiques.

. . . . . . . . . . . . . . . . .

. . . . . . . . . . . . . . . .

Il est tems d'abjurer des haines sanguinaires :
Français, chérissons-nous ; chrétiens, vivons en frères.
De la patrie enfin soyons tous les enfans ;
Dans son sein maternel confondons nos accens.
Réparons nos erreurs, oublions ces alarmes
Que ne put expier tout l'honneur de nos armes ;
Recommençons de vivre, et dès ce jour sacré
Renaissons à l'abri du trône révéré
De ce Roi dont Hartwel conserve la mémoire
Qui, du fond de l'exil, légitima sa gloire,
Adopta l'infortune, et nous a rapporté
Le code du bonheur et de la liberté.
   Mais il faut que chacun, afin que l'on s'unisse,
Sur cet autel commun porte son sacrifice.
   Vous qui des tems passés regrettez les abus ,
N'évoquez pas des jours qui ne renaîtront plus :
On ne remonte point le torrent de la vie ;
Croyez-moi, sur ses flots, sans regrets, sans envie,
Descendons en chantant la France et nos succès ,
Et ces joyeux refrains , si doux aux cœurs français.
   Vous qui de l'aigle altier suiviez le vol rapide
Des sables de Memphis aux campagnes d'Alcide,
Vous, d'*un soldat heureux* zélés admirateurs ,
N'oubliez pas combien son nom coûta de pleurs !
N'oubliez pas le sang qui souillait ses conquêtes ,
Ni ce sceptre de fer qu'il brisa sur vos têtes.
   Et vous, qui, de nos jours ressuscitant Brutus,
Voulez sur les Romains modeler vos vertus,

De cette liberté, que le sang a nourrie,
Le poison trop long-tems infecta la patrie.
La liberté d'un peuple est la commune loi :
Un citoyen la sert en défendant son roi.
Tous les deux aujourd'hui la France les rassemble :
La Patrie et le Roi s'illustreront ensemble,
Et les peuples verront, à côté du pouvoir,
Sur le trône agrandi la Liberté s'asseoir.
Venez donc, venez tous ; pourquoi se méconnaître ?
Nous sommes tous Français, et tous dignes de l'être.
Des orages passés n'allez plus obscurcir
L'horizon du présent, le ciel de l'avenir ;
Ouvrez les yeux : la France est toujours riche et belle ;
L'étoile du bonheur rayonne encor pour elle.
Ouvrez les yeux : partout l'industrie et les arts
D'un luxe fraternel enchantent les regards.
Le Louvre avec orgueil incessamment étale
Des jeunes Raphaëls l'ambition rivale.
La France aux yeux du monde a repris tous ses droits ;
L'Europe, tressaillant au bruit de ses exploits,
Reconnaît la bannière antique et souveraine
Pour qui mouraient Bayard, Duguesclin et Turenne,
Et l'immortel drapeau que rien n'a pu ternir,
Et que sans tache il faut léguer à l'avenir :
L'union d'un grand peuple est le bonheur suprême,
La force des Etats, l'honneur du diadème ;
C'est le vœu de Louis ! puisse-t-il s'accomplir !
Puisse long-tems encor la France le bénir !
Puisse notre union, qu'implore sa sagesse,
Rajeunir ses destins et charmer sa vieillesse !

A. Dubois de Beauchêne.

Ensuite M. Capelle a demandé la parole, pour une ronde fort gaie.

# LE VRAI PATRIOTE

## DU FAUBOURG SAINT-ANTOINE.

—

AIR : *Tôt, tôt, tôt, saut de galop.*

PATATI, patata,
Ça serait mieux comm' ça ;
  V'là c' qu'on entend dire
  Et redire.
Voici mon refrain, moi :
Obéir à la loi,
Travailler, et vive le Roi !......

Paris offre des gens
Jaloux et mécontens,
Qui, d' l'un à l'autre bout,
Blâment, critiquent tout.

  Patati, patata, etc.

Tel prêchait autrefois
L'égalité des droits,
Qui voudrait aujourd'hui
Qu'on ne pensât qu'à lui.

  Patati, patata, etc.

Celui-là veut la paix,
C'lui-ci guerre à jamais ;
L'un me parle d'honneur,
L'autre d'un fournisseur.

   Patati, patata, etc.


Si l'Angleterr' parlait.....
Si la Russie allait.....
.Si la Charte on violait.....
Si le Roi le voulait.....

   Patati, patata, etc.


Mais les biens nationaux.....
Mais les droits féodaux.....
Mais les industriels.....
Mais les ministériels.....

   Patati, patata, etc.


Constitutionnels,
Insurrectionnels,
Et tous les mots en els,
Seront-ils éternels ?

   Patati, patata, etc.


Lassé de leurs débats,
Dieu viendrait ici-bas
Pour les mettre d'accord,
Qu'on chuchot'rait encor.
Patati, patata,
Ça serait mieux comm' ça ;
V'là c' qu'on ne cesserait de dire.
Voici mon refrain, moi :

Obéir à la loi,
Travailler, et vive le Roi !.....

*Ecrite sous la dictée de l'auteur, par* Capelle,
*officier de grenadiers du* 4ᵉ *bataillon.*

M. Le Loutre a voulu payer aussi son tribut, et il a chanté :

Air : *Echo des bois.*

De saint Louis pour fêter les neveux,
Notre cohorte, amis, est toujours prête :
Depuis dix ans notre zèle et nos vœux,
Par leurs bienfaits, croissent à chaque fête.
Puisse le ciel garder à nos amours,
Le Roi long-tems, et les Bourbons toujours!  } *bis.*

Quand leur vaisseau, battu par les autans,
Voguait errant de rivage en rivage,
Pour nous, hélas! c'était le mauvais tems,
Mais leur retour a dissipé l'orage.
    Puisse le ciel, etc.

Vive Louis! que long-tems nos désirs
Ont appelé pour consoler la France ;
Vous qui pouviez craindre ses souvenirs,
Vos torts sont-ils plus grands que sa clémence?
    Puisse le ciel, etc.

Gloire à Monsieur, à ses nobles vertus,
Que le malheur ne sut jamais abattre ;
Gloire à Monsieur! C'est un Français de plus,
Et ce Français a le cœur d'Henri-Quatre.
    Puisse le ciel, etc.

Le clairon sonne et d'Angoulême part.
Cent mille preux l'ont suivi dans l'Ibère ;
L'Ibère est libre, et le blanc étendart
Revient brillant des feux du Trocadère.

    Puisse le ciel, etc.


Quittant Paris, où son héros n'est pas,
Thérèse, au sein d'une cité fidèle,
Fait des heureux et ne fait pas d'ingrats,
Car tous les cœurs y sont conquis par elle.

    Puisse le ciel, etc.


Depuis un mois on sait que le Normand,
Par Caroline est subjugué de même :
Elle se montre et triomphe en courant,
Comme Condé, César ou d'Angoulême.

    Puisse le ciel, etc.


D'un avenir plus heureux et plus doux,
Dans un berceau nous avons le présage ;
Noble Henri, ta naissance pour nous
Fut l'arc-en-ciel brillant après l'orage.
Puisse le ciel garder à nos amours
Le Roi long-tems, et les Bourbons toujours!  } *bis.*

      Victor Le Loutre, *capitaine-commandant de grenadiers.*


A ces couplets ont succédé ceux de M. Lallemand.

~~~~~~~~~~~~~~~~~~~~~~~~~~~~~~~~~~~~~~~~~~~~~~~~~

# POUR LA FÊTE DU ROI,

### 25 AOUT 1824.

—

AIR : *L'amitié vive et pure.*

Le jour qui nous rassemble
Est la fête des Français ;
   Toujours d'accord ensemble,
Consolidons nos succès.
Dieu nous préserve de guerres !
Que les arts soient triomphans !
Vivons en amis, en frères !
Vivons tous en bonnes gens !       } *bis.*

Le ciel nous favorise,
Il est propice à nos vœux ;
   L'honneur nous électrise,
Et la paix nous rend heureux :
Réunis avec franchise,
Soumis à la même loi,
Nous n'avons qu'une devise :
Vive notre auguste Roi !       } *bis.*

La royale famille
Etend partout ses bienfaits ;
   L'éclat dont elle brille
Fait le bonheur des Français.
~~~~~~~~~~~~~~~~~~~~~~~~~~~~~~~~~~~~~~~~~~~~~~~~~

Pour les Bourbons la Victoire,
Mêlant l'olive aux lauriers,
Rend plus pure notre gloire,
Et fait chérir nos guerriers.
} *bis.*

Quand notre chef aimable,
D'un banquet fait les honneurs,
Le Plaisir est à table,
L'union est dans tous les cœurs.
Il nous aime avec franchise,
Nous l'aimons de bonne foi ;
Nous avons même devise :
Vive notre auguste Roi !
} *bis.*

Et. J. B. G. LALLEMAND, *capitaine.*


M. Henry Simon, dont la muse royaliste s'est si avantageusement exprimée dans les réunions précédentes, a chanté les couplets suivans.


# LE BONHEUR DU ROI.

—

Air : *Mais ça devait finir comm' ça.*


Ah ! mon dieu, qu' les rois sont heureux !
Tout réussit au gré d' leurs vœux.
Oui, Dieu veille avec soin sur eux,
Pour qu' les peupl's aussi soiént heureux.

BIBLIOTHÈQUE

Désirer un' grande fortune,
Ici bas, c'est chose commune ;
Mais que d' rich's n'achèt'nt que des r'grets !
Louis place mieux ses bienfaits :
Oui, d' ce princ' le pauvre, on peut m' croire,
    Gard'ra la mémoire.

Ah ! mon dieu !


L'homm' de bien, au Dieu qu'il éncense,
Demande et sagesse ét prudence.
A c't égard, pour bien se guider,
Louis n'a rien à demander ;
Et j'en ai pour preuve suivie
    L'histoir' de sa vie !

Ah ! mon dieu, etc.


Voir toujours par un juste hommage
Les cœurs voler à son passage,
C'est l' prix que mérit' la vertu :
Par Louis c' prix est obtenu.
Sur ses pas voyez comme on s' presse !
    Quels cris d'allégresse !.....

Ah ! mon dieu, etc.


Avoir un ami dont le zèle
Soit éclairé, pur et fidèle ;
Voilà c' qu'un sage désire encor :
Louis possède ce trésor !
Oui, c't ami qu' la natur' lui donne
    Est tout près du trône.....

Ah ! mon dieu, etc.

Avoir un fils dont l' courag' brille,
C'est l' désir d'un pèr' de famille ; .
Eh bien ! pour accomplir ce vœu,
Louis trouv' ce fils dans son n'veu ;
Et ce brave est par sa vaillance
      L' premier soldat d' France.

   Ah ! mon dieu, etc.


Avoir un' fille dont la tendresse
Charme les jours de vot' vieillesse ;
C'est l' besoin d'un cœur vertueux :
Louis, au lieu d'une en a deux...
Et partout on voit sur leurs traces
      L'esprit et les grâces...

  Ah ! mon dieu , etc.


Voir s'él'ver un enfant qui r'trace
Les vertus de sa noble race ;
D'un pèr' c'est l'espoir favori ;
Louis voit grandir notre Henri,
Et sa dot enlève à l'histoire
      Quinz' siècles de gloire.

Ah ! mon dieu , etc.


Faire du bien, sécher des larmes ,
De la puissanc' voilà les charmes !
Aussi not' monarque adoré
D'un peuple content entouré,
En voyant l' bonheur qu'il inspire
      Avec nous peut dire :
Ah ! mon dieu qu' les rois sont heureux !
Tout réussit au gré d' leurs vœux.
Oui, Dieu veille avec soin sur eux,
Pour qu' les peupl's aussi soient heureux.

HENRY SIMON, sous-lieutenant.

D'autres officiers ont exprimé leurs sentimens royalistes avec autant de franchise que de talent. Nous regrettons qu'ils nous aient privés du plaisir de citer leurs couplets, qui ont été répétés en chœur par toute l'assemblée. Elle s'est séparée aux cris français de *Vive les Bourbons !* en se donnant de nouveaux rendez-vous à la prochaine Saint-Louis.....

BIBLIOTHÈQUE ROYALE

A PARIS, DE L'IMPRIMERIE DE PILLET AINÉ, RUE CHRISTINE, N° 5.

www.ingramcontent.com/pod-product-compliance
Lightning Source LLC
LaVergne TN
LVHW050248030726
842520LV00006B/2234